痰檀ラプソディ・バリバリ

富田良人

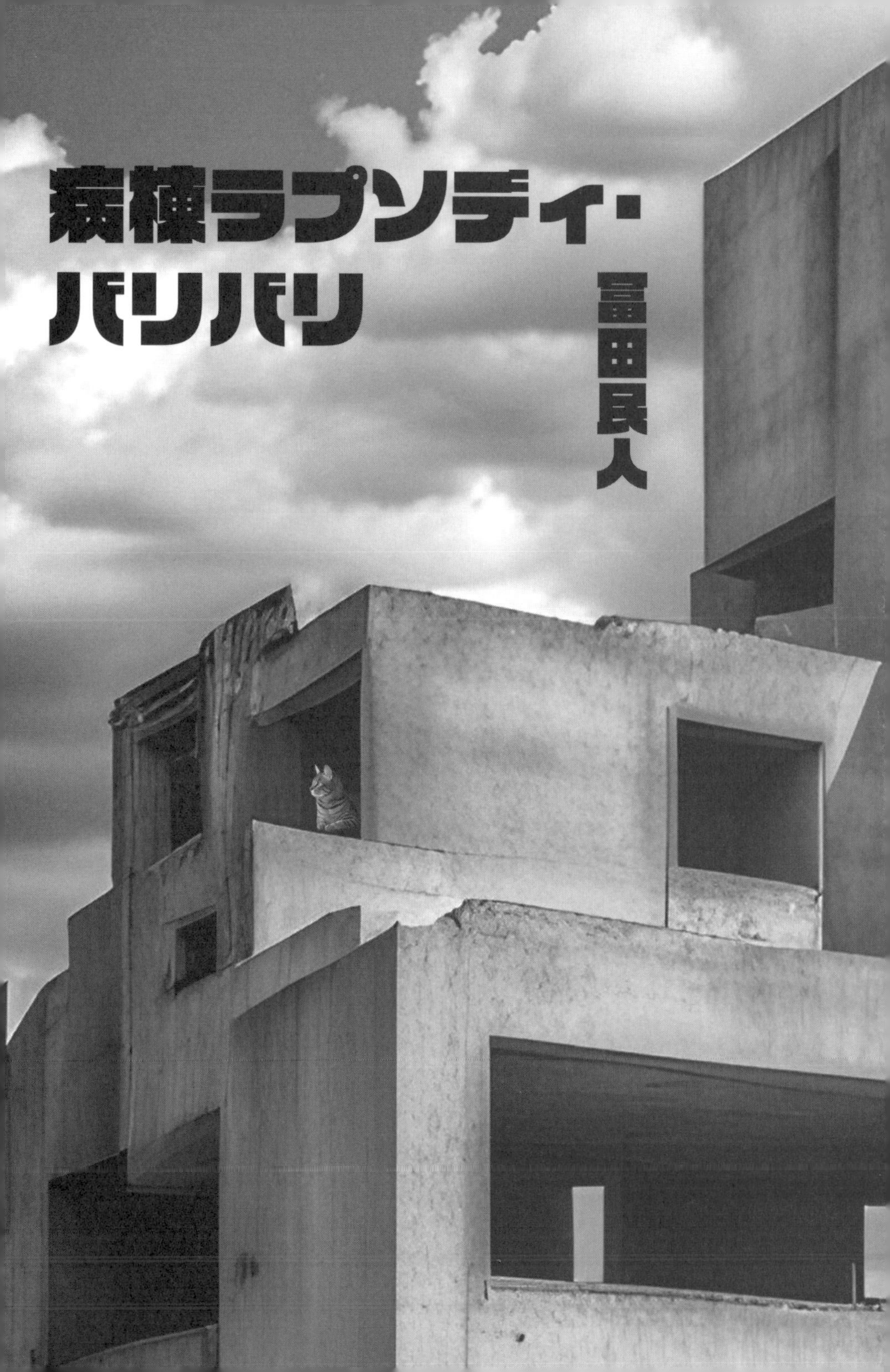

目次

病棟ラプソディ・バリバリ

I

ネコえもん

昼間はいったGOGOカレー金沢
注文したカレーが横向きに置かれたので
なにゆえ無粋なことをするかいなと
そそくさと縦向きにする私
すると現れるゴリラの顔
てっぺんにキャベツの山
下半分は茶色いカレールー
その上に
輪切りのゆで卵、横に並んで二つ
まんなか縦に海老フライ
下には二つのウィンナーソーセージ

あれまぁ、これはお顔だよ
なんとまぁ、その名もゴリえもん
GOGOカレーの濃い顔ゴリえもん

それではフォークで頭から食べていく
まずは頭髪のキャベツから
次に下唇のウィンナー
口が聞けなくなったところで
上唇のウィンナー
次に眼球の輪切り卵
これが深い話
眼球は幾重にも輪切りにされていて
一つカットしてもまだ眼球なのである
しかし黄身製の瞳はしだいに小さくなっていく
最後の一枚残すと

すでに盲目になっている
ゴリえもん
食べていく
キリッとした鼻すじ海老フライ

ここで
深川の美少女詩人・小池昌代の小説を想い出す
ホントのようなウソの話
—四〇代で初出産を間近に控えた女性の悪夢
黒い犬に犯され
黒い流動物を出産する夢
私はいま
たぶん同性のゴリえもんを犯している
食べている
そしてついに

まん中の海老フライに手をつける
やがて仮面のカレールーと内に隠されたライスを味わってしまうのだ

ふいに茶色いゴリラが雉トラ猫に見えてくる
その名もネコえもん
Nya—Nya—ケーキは地元茅ヶ崎製
私はフォークで頭から食べていく
まずはストロベリーの耳二つ
次に眼球のブルーベリー
鼻は板チョコ
耳も目も鼻も利かなくなったところで
数本の立派な白い髭
これが深い話
髭はオレはネコだと主張していて
一本抜いてもまだピンとしているのである

しかし千切りチーズはしだいに少なくなっていく
最後の一本になると
すでに消滅しかかっている
ネコえもん
食べていく
フワッと下顎　生クリーム

ここで
酒好きの詩人・筧槇二がよく言っていたことを想い出す
ウソのようなホントの話
―鬼ころしという酒が酒屋に並んでいるが、鬼をころすのはかわいそうだ。鬼もよろこぶ鬼ごのみがよろしい。
と、奈良の銘酒・鬼ごのみに舌鼓うちながら言うのだ
私はいま
愛していた飼い猫を食べてしまった

食べてしまった
そしてついに
下顎のまっしろい生クリームを舌に曝す
やがて仮面のマーブル模様と内に隠されたティラミスに
舌なめずりしてしまうのだ
いっしょに額をくっつけたり
頬ずりしたりしていた
温《あった》かふわふわな彼なのに

ここで
昭和の怪優・小沢昭一の一人芝居を想い出す
新宿・紀伊國屋ホールで
客に向かって語り出す
ウソだと思ったらホントだった話
—最近札幌ラーメンちゅうのが流行っていますが、九州の友達が九州にもラーメンがあるということを示そうと、末廣亭近くで店を開いたんだそうで。
行ってみると、ほんとうに
熊本ラーメンちゅうのがありました
（いまの桂花ラーメンです）

ゴリえもんちゅうメニューはほんとにあるんですが
ネコえもんちゅうメニューもいかがですかなぁ
ゴリラを愛する人よりも
ネコを愛する人の方がずっと多いと思うから
悲しみまで食べる覚悟が必要ですわなぁ

——これは二〇一五年五月二四日、深川の今は亡きブックカフェ〝そら庵〟で朗読したのですが、八年後の今、十三歳の飼い猫〝ぽんず〟は、平均寿命十五歳にも満たずに、悪性リンパ腫と闘っているのでございます——

空へ

思いはいつも
沈んだ重い心から
天へ昇る

扉を開けると
脱走をねらう
彼がいた

窓辺でまどろみ
ベランダの手摺りをそろそろ歩く
目は外へ空へ向かっていた

いまは
焼き残った小さな骨壺に
軽くなって

丸まった温もり
擦り寄る肌触り
息づかい

宿っていた思いは
ときどき戻ってくる
空から

父——服部剛「私が生まれる前に」朗読に触発されて

大正一五年生まれの父は
空襲で焼け出され
燃えだ春
同級生たちはおそらく
兵隊に取られていた

金子光晴は戦場に行かせないため
わざと息子の体を痛めつけ
成功したが

私の祖父は

丹後縮緬の行商しながら
貧しいながらも
勉強しろ勉強しろ
素直に従った父は
目を悪くし
戦争に行かなかった

時間感覚を失った父は
敗戦直後世話になった
友達と
私を間違えて
語りかけてきた
その頃に逝ってしまった
父よ

霧

三軒茶屋の甲文堂書店の脇の短い路地を入ると
角の仕舞た屋の先に座っている
白い顎鬚を長く生やした老翁がいた
いつもいた
同じ恰好で
鎮座しているように
手を引く明治生まれの祖父に聞くと
霧が満ち

渋谷駅でバスを降りると
南口に包帯を巻き杖をつき

歌を唸っている傷痍軍人がいた
いつもいた
同じ恰好で
呻くように
手を引く片肺のない祖父に聞くと
霧が満ち

晴れぬまま
時は断たれ
命はくりかえされ
祖父も父も母もいなくなり
謎は謎のまま
蛙が跳ぶように
さざ波に影が射す
あの頃の時代と今

キタベップ・ド・ヴォルザーク

オールスター選手が発表された
ファン投票でも人気がなく
監督推薦でも認められず
彼は選ばれなかった
その年二〇勝するのに

チェコの田舎で育ったもう一人の彼は
肉屋の跡継ぎか音楽家か
定職に就けず
奨学金を必要とした
才能は認められていたのに

私の小学校へ行く道に長い塀があった
田園の墓地である
中学校まで意固地に過ごした
友と滑らかに会話も出来ず
高校ではほとんど一人ぼっちで
地方の貧乏球団カープを愛した
密集大都会を抹殺し
遠い田舎の一人の音楽少年を
羨んだ

そして迎えた一九七五年――
初優勝した広島東洋カープのドラフト
一位に指名されたのは
キタベップ　マナブ　だった

鹿児島から都城への自転車通学
往復四〇キロ片道五〇分で足腰鍛えた
薄明かりのなかを自転車こぎ続けた
無名の朴訥とした彼の直球は
一四〇キロも出なかった

カープ黄金時代を支えたエースに成長した彼は
配球と緩急で勝負する
彼の奏でるボールは
右打者の懐にシュート
アウトローに針の穴を通すように
ストレート、スライダー
別の打者には
アウトローにストレート
同じ球筋で

少しだけ外に曲がるスライダー
一〇本打ち返されても完封する
五度出場した日本シリーズでは一勝もできなかったが
二一三勝をあげた三六歳で引退した

チェコのアントニン・ドヴォルザークは
ブラームスに見いだされるまで
曲をつくりつづけた
『モラヴィア二重唱曲集』で注目されたのは三六歳
『スラヴ舞曲集』で国外でも知られるようになったのは三七歳

名声は新大陸まで及び
鉄道と船で海の向こうの大都会へ招かれた
喧騒から耳を澄ます
遠くに置いてきてしまったものを

強く引きよせたいと
望郷の思い強くつくられたチェロ協奏曲
稀代のチェリスト
ロストロポーヴィチは苦悩し
フルニエはすすり泣き
ヨーヨーマは艶やかに
カザルスは歌う
ドヴォルザークの故郷の
遠い小鳥のさえずる森
帰れないことの苦悩を越え
想像することの恍惚
木々はやさしさの結晶
激しい感情も
水源からあふれでるメロディに導かれ
作曲家は

はしゃぐはしゃぐはしゃぐ

甘えたいときには
愛する母と
愛する女性と
子供たちや
自然の者たちに抱擁される
夢見の世界に
森と草原と人々の歓喜をうたった

白血病に冒されたキタベッツプは復活し
同い年の私は相変わらずで
ドヴォルザークの
ボヘミアのファンタジーと
同化したい

無愛想で朴訥
生真面目で頑固
ドヴォルザークは音楽で
キタベッップは野球で

私は
そんなふたりの
コキョウへのメロディが
好きだ

（「山脈第二次」27号）

――北別府学さんは、成人T細胞白血病と診断されてから数年間、合併症などで入退院を繰り返し、二〇二三年六月一六日死去されました。――

小出川聖天橋付近

I

冬に絢爛な花を咲かせていた
大野さん家の梅の木々。
それが今では
たわわに緑の実をつけている
明るい夕暮れに
テニスクラブが賑わっているその先に
たたずんでいるのが小出川。

II

季節はずれの熱い空
緑の映える水面《みなも》に
純白の鷺が一羽温浴し
三色《みいろ》の鴨が十数羽
青と銀と緑の水に風が吹き
さざ波のグラデーション
水の中にグレーシャドウ
大きな鯉がのっそりと
もう一羽の白鷺が
展望しながら下りてきた。

III

小ぶりの揚羽蝶がただ一羽
土手の草から草へ飛翔する
地面から靴は
不安の波を聞く
ダブルベースの弾くような
低くうごめく音の波。

草の間に錆びた缶
見おろす水辺にビニール袋
近づく黒雲
鷺でも鴨でも鯉でもない
人間の汚物をむさぼる
二羽の使者の黒鳥が

じゃぶじゃぶ不快な飛沫《しぶき》上げ
交互に水を吸っている。

聖天橋の先に道はない
獣道のような地面踏み
水の止まった静けさに
靴の音は耳をすます
小鳥がホーホケキョとか
チュクチュクチュクチュクと
幻想し。

周りを見ると
道路や住宅・工場ばかり
曇天に白く目立つ
四角い塔のてっぺんに

真っ白な一羽の鳥
じっと直立
あるいは硬直
白と白と同化して
あるいは達観……。

中洲は高い草が生い茂り
細く流れる水の面《も》に
あ、二羽の鴨
風がぴゅっと吹く
傘もち飛んできたのは
人間に悪戯した
反人間、自然の味方
カッパポピンズだ。

自然の英雄は
川のみんなを連れていく
ハーメルンの笛吹いて
人間だけを吹き飛ばし
川、水、土中の虫
ちいさな自然を連れていく。

目撃したその人は
吹き飛ばされ着地した
恐怖のあまり
しわくちゃになった
その靴は
旋律の不安を聞きつづける
もはや楽器でない電磁波で。

※小山川（こいでがわ）　藤沢市を源流に、茅ヶ崎市を通って、平塚市の飛地で相模川に入る川。聖天橋（しょうてんばし）は、寒川町と茅ヶ崎市の境にかかる橋。

カッパポピンズ　茅ヶ崎北部地域に伝わる「かっぱどっくり」のカッパと「メアリー・ポピンズ」を合体したもの。

（「横浜詩人会2023現代詩セミナー」）

夏の日のジャジーな散歩

とある高級住宅の広がる駅を出
放射状に伸びる道の
一本を選んで歩きだす

梅雨空のしつこさに
高い湿度
アスファルトの熱反射を避けて

洒落たデザインの邸宅や
古びた門扉の邸宅や
高く伸びた銀杏並木

ゆったりした坂を
のぼっていく

昨日の予熱を含んだアスファルトを踏みしめ
高級乗用車や中年カップルの会話に抜かれ

金持ち金持ちと脳がつぶやき
文部省唱歌を口ずさみつつ

奥へ奥へ
導かれていく

その道は
戦前の武蔵野の森を切り貼りした道だった

虫たちや小鳥たちが歌い合っている
「自然林」の案内板の草を刈った小径をゆく

千五百年前の首長や労働者がいくつもの古墳から蘇り
鳥や虫や草や木と
笑ったり躍ったりしている

心地良く聴いている耳に
金属の音や叩く音が聞こえてくる

古代の森の音楽はまるでベースとピアノみたいで
人々はトランペットとドラムのような歌と太鼓で
時空を超えたセッションを聴かせる

「自然林の道」は下っていき
ふもとには道路が走る
自動車の唸る音

見上げた頭を
古墳公園の緑から旋回すると
鉄橋を走る列車の擦れる音

木々の隙間から蛇行する川の流れの向かいに
高層ビルの林
クレーンの叩く音

虫や小鳥の声を心地良く聴いていた耳に
金属を叩きあう音が聞こえる

整備された「自然林」から聞こえる声声と
無機的な機械の音群との
現代のセッションは耳を裂く

心地良い耳と危険な耳
躍りだしそうな思いと押しつぶされそうな思い
生命の演奏と機械の合成音

夏の日のジャジーな午後
「自然林」の出入口で
わたしは躊躇する

（「横浜詩人会主催2023夏の日の詩とジャズ」）

目

デンタルクリニックの交換されたまっ白なチェアに腰掛けて待つ
仰向けにされた顔の間近に歯科衛生士の顔が登場する
顔半分がマスクでおおわれた彼女について
情報の判別材料は目だけだ

私は自分の目のやり場を考える
思い切って彼女の目を見ようとする
視線はまったく合わない
彼女の目は私の口内を機械的に見いる
口の中の歯を見いる
その女に見られるのは私の口のなかの歯、一本一本だ

目が合わない
目が合わせられない
もっとじっと見る
相手の目の黒目が目にはいる
黒目と目が合わない
黒目と目を合わせられない
黒目の焦点がぼける
黒目の黒が溶けだす
黒目の目がいくつも重なり出る
視界に墨が流れる
その女の墨がちらばり老歯科医の天井を埋めていく
歯科医の白壁を目の黒が
いっぱい走っている交感
されたばかりのまっ白

なチェアも歯科衛生士の衣服も
消され塗りつぶされ
女の手は震え
歯はがたがたしだし
身体全体、意識全体が
つきあげられ
目は見開いたまま
まばたきもしないで
瞳孔を見ひらいた

暗転

漆黒
黒い虚無
光りがまったくもって失われた

何の有機物の気配すら感じられない
ここがどこかすら無である

さて、次はどのような場面で誰が舞台に立つのか
劇場の暗転は
いつも数秒で終わる
少しがまんすれば
どこかの灯りがつくことを予測し
客席は平穏を維持する

が

つかない
溶明《フェードイン》にもならない
光りがもどってこない
まったくの闇

それでも私の目は見つめている
何かを見極めようとしている
目を閉じているのと変わらず
まったくもって
何も
見えない

目を閉じた暗黒より
目を開いているのに暗黒であること

眠れぬ夜が明けても暗い
降りつづく雨雨雨
人は息づくのに闇闇闇

目はもはや

誰とも視線を交わすことなく
黒く塗りつぶされたまま
目潰しのように
老師に
誘導されていく

II

よる、いま何時

横行結腸癌摘出手術
どろどろの深夜
三九度を超す発熱のための処置
茫洋とした意識に麻痺の残りかす
閉じられなかった瞼の無感覚
渦潮のように波うつ天井の模様
溶かされたオーロラのカーテン
気味の悪いきらびやかさ
迷宮の幻想
没入できない物語
圧迫する単調なくり返し

眠られぬ夜は
意識を取り戻すたびに
時計の時間を確認していた
育った襤褸家の柱時計の振り子
幼稚園の教会の鐘
グリーグの朝
ドヴォルザークの家路
破壊された学校の古時計
一時間ごとに啼く鳩時計

集中治療室からは
どの時計の
針も見えず
音も聞こえず

時の呼吸を掴めず
狂っていたとしても
いま何時なのか
それがわかれば夜明けまでの我慢の度合がわかろうに
もう明けぬかもしれぬ
この夜が
底なしに沈んでいく

闇のままの朝でなく
本当の夜明けがこの世界に来るのか
時の喪失は人を恐怖に陥れた

目覚めぬ恐怖

黄色くぬられた地図
〇〇一丁目とか二丁目とか
薄墨で書かれていて
通りに区切られた一画の路地を
私は右から左に歩いていた。
見知らぬ架空の街の平面図を
ゲームの駒のように歩いている自分を見ていた。
何も考えてはいなかった。
ここはどこかとも考えなかった。

ふと、耳にざわめきが起こった

ざわめきはよりクリアになり
それは人の話す声に聞こえた
それは医師や看護師の会話だった
私は会話の中身に耳をそばだてた。
手を挙げようと思った
足をばたつかせようとした
手に力を入れようとしても
足を動かそうとしても
どうしようもない
医師たちを見ようとしても瞼がひらかない。
触覚もない。

私は視覚だけ解凍された冷凍人間なのか。
身震いするのに身体は熱い。
私はこれから先、

こういう状態で、
聴覚だけで生きていかなければならないのか――

幻像0　詞書き

八時間を超える手術のおそらくクライマックス
麻酔で眠ったままの私の脳内スクリーンに
二つの象徴的な幻像が映しだされた
一つは、結局観ることが叶わなかった黒テントの芝居
一つは、最後に観ることが出来た紅テントの芝居
他の何ものもスクリーンには映らなかった
これにより、これから進むべき道を確信したのである

幻像1　黒テント「皇国のダンサー」

高く積み重ねられた椅子の群れ
ザ・スズナリの客席がカオス
座るはずの客は消された
観客はどこに行った？
椅子があっちを向いたりそっちを向いたりしている
客は斜め四五度に傾いだり逆さになったり
苦しくて足掻いて麻酔針が染みとおった
斜塔になった観客席群
上から斜めに大きく主張する垂れ幕
「皇国のダンサー」と
すでにテントは手放したが

四年ぶりの本公演のタイトル
私がいち早く予約し
観劇に胸ときめかしていた芝居

〝すめらみことファンタジー〟
イルカやナカノオオエが吼える？
六八年前の
テント芝居初観劇の感動から
まだ余韻つづいてる
「ブランキ殺し上海の春（ブランキ編）」
で目撃した桐谷夏子はエミシにて
服部吉次は主役のダンサー？
ベテラン二人と若い役者たち
作・演出は変わらず佐藤信だぁい
天皇の子・中大兄皇子が中臣鎌足らと

豪族の蘇我入鹿を殺害、天皇中心の政治に突き進む古代の事件
ダンサーとは　虫たちとは　すめらみこととは
劇団黒テント第七九回公演は
小劇場の殿堂・下北沢ザ・スズナリで
観劇感激大感銘するはずだった〜
既にキャンセルしたこの芝居
手術中の脳になぜ投影されたのか

幻像2　紅テント「糸女郎」

興奮の連続疾風に君臨していた
妖艶で大胆
両手と股を広げ
糸を放出した「糸女郎」
演じる大鶴美仁音《みにおん》の艶姿と
しなやかで伸びあがった身体と糸でつながれた
真っ白くて小さく輝いている繭とがつながる
テントの幕は開かれ
子宮に擬された舞台の外の
代理母・美仁音から生まれた青年の遠景
これは、三日前に明大裏・猿楽通りの片隅に張られた

唐組の紅テント公演「糸女郎」のラストシーンであった

母探しの少年と母胎を貸した女
岡谷から女を探しにきた男
破れた排水管から出た少年
舞台に残された女
幕の外に行ってしまった男
紅い物語

観ることの出来たこの芝居
手術中の脳に
発掘前の大理石のように顔を出した

幻像3　カーテン・スクリーン

患部が痛み立ち上がれぬ
　手術の麻酔残る夜
ベッドを囲むカーテンは幻像のスクリーンになった

緑墨橙墨墨紫墨紫墨紫墨紫墨紫墨色

横糸が三〇重なった
緑と橙が強調され
夢の果実畑では
メロン色とオレンジ色
夢の野菜畑では

キュウリ色とニンジン色
頭痛誘因の交通機関では
この街を走る東海道線の車体の色

咆哮するガーデン
幾つもの波が打ち
撓んで歪んで
紡がれ煽がれる多重横糸
吐き出した漢字が幽霊
の如く現れ出た

全十中華甘軒寺甲由工栗果山土苦崋言常品
再画古典音曲豊冨田東京共晶章書責高回目黒士量貝
百円正可監上缶乗生置最重無事
薬草艸莽嘉菅管瞿空宮舎車異耳舌意香無界菩薩

聞問間開門

朝理刊韓搠肝町項構証請講誤語課時軸計昭唱剛懼博

普究竟涅

あな

小人の梟が枝
にとまって見つめてる——
透きとおった流れに
太った貝や魚
栄養価の高い水
じゃぼじゃぼ音して
泡も立たずに

光が揺れて
泡が立ち
色めき立った波

前方から襲ってくるのは
朱色に染まった液体の群れ
順調に補給していた
純粋無色栄養体の清流水が
押しもどされ赤く染まった
カテーテルの管を
体からの逆流

耳ふたつ
鼻あなふたつ
口ひとつ
耳鼻口の穴は体内を貫通し
ひとつの肛門
ひとつの外尿道口
外尿道と肛門に通じ

不要物を排泄する
梟の日の穴

あな
あいくるしい穴
くるしい穴
穴場の穴
アナーキストの穴
アリババの穴
過ちの穴
街の穴
血の穴
地の穴
知の穴
痴の穴

地図の穴
乳の流れる穴
猪突猛進の穴
深い穴
細い穴
皮膚の穴

私は穴だらけだ
平常時
穴は皆平穏だ
生きるために平穏だ

緊急時
生かされるためには
穴が開かされる

腕の血管に
首に
腹に
背中に
ところが
私の血管は引っ込み思案
出たがらない穴の管

時には
刺された管に
血が逆流し
眩暈を起こす
命の人工清流が
止められるから

適確で優しいまなざし
で護ってくれる梟の
目と手に感謝する

私を生かす

エルネオパNF2号輸液二〇〇〇ミリリットルは上室小室V小室T下室に分かれている

九八四ミリリットルの上室液組成はブドウ糖塩化ナトリウム塩化カリウムL-乳酸ナトリウムリン酸二水素カリウムヨク化カリウムチアミン塩化物塩酸塩ピリドキシン塩酸塩シアノコバラミンパンテノールの糖・電解質・ビタミン・微量元素液

八ミリリットルの小室V液組成はリボフラビンリン酸エステルナトリウムアスコルビン酸ビオチンビタミンA油コレカルシフェロールトコフェロール酢酸エステルフィトナジオンのビタミン液

八ミリリットルの小室T液組成は塩化第二鉄水和物塩化マンガン水和物硫酸亜鉛水和物硫酸銅

水和物の微量元素液

一〇〇〇ミリリットルの下室液組成はL‐ロイシンL‐イソロイシンL‐バリンL‐リシン酢酸塩L‐トレオニンL‐トリプトファンL‐メチオニンアセチルシステインL‐フェニルアラニンL‐チロシンL‐アルギニンL‐ヒスチジンL‐アラニンL‐プロリンL‐セリングリシンL‐アスパラギン酸L‐グルタミン酸塩化カルシウム水和物硫酸マグネシウム水和物酢酸カリウムのアミノ酸・電解質・ビタミン液

（声に出してみたまえ）

（混合時のデータは煩瑣故省略す）

首に刺さった中心静脈カテーテルにより総遊離アミノ酸量六〇グラム総熱量一六四〇キロカロリー非蛋白熱量一四〇〇キロカロリーを毎日点滴補給され

生きている
生かされている

しかも自然界由来の母なる食からでなく
徳島県鳴門市撫養《むや》町《ちょう》立岩《たていわ》字《あざ》芥原《くぐはら》一一五に立地する株式会社大塚製薬工場なる代理母が産みだし
し無色透明の液体である、この一か月間、私は生かされてきて元気になりつつあるのである

代理母万歳
生みの母万歳
「糸女郎」創った唐十郎（本名大鶴義英）万歳
生みの母役大鶴美仁音万歳

バリバリ

わたしは某国T市立病院に入院している。
わたしは体中線に繋がれ電気で生かされている。
カラダの動きは劣化したまま維持されている。
観るものが幻であろうが現であろうが
脳の動きは豊かでありたい。
鳩どもが糞尿処理もしないまま楽しんでいる。

停電により、医療機械が一時全面停止した。
わたしはICU（集中治療室）に入っていたが
救命設備である人工呼吸器が停まってしまった。
ふたたび鼻呼吸も口呼吸もしづらくなった。

指に挟まれた酸素濃度計の数値が再び急低下し
寒気がサッとかけ抜けた。

わたしは某国G保健省運営S病院に転院している。
暑い秋の日、敵国のミサイルが街に落ち
戦車や兵士たちがやってきた。
この世の生を享楽していた鳩どもは飛び去った。
普通に診療し、看護し、仕事をしていた病院の人間は
撃たれ、逃げ、動ける患者は付添い職員と逃げだし
動けぬ患者はそのまま
わたしは取りのこされたのだ。

留まった人間が
普通以上のことを普通以上の思いで
診てまわる。

圧倒的に普通の思いの人が足りない。

毎朝のゴミ処理や床掃除のおじさんやおばさんも来なくなった。
自分で捨てたゴミもあふれてきた。
廊下やナースステーションにも
採血をした注射針や容器
排泄物を溜めたドレーンストップ
水洗トイレも使えず
汚物や悪臭もあふれ
わたしの身体に病原菌が押しよせてくる。

廊下の壁が愛らしく華やかな上の階の
産科・小児科病棟の悲惨さは。
下痢や嘔吐しても薬がない
消毒薬もない

感染症が広がらないために
普通の医師が
こどもの手足を切断しなければならない
と。

取囲む兵士は何をしているのだろう。
死体は見えぬのか、叫びは聞こえぬのか、匂わぬか。
上官の命令、民族のため
殺された仕返しに
突き進むのでなく何もしないことによって兵士は
均衡を保っているのではないか。

保育器の電源すでになく
乳児用のミルクも在庫切れ
三人の赤ん坊が死に、三二人の乳児が死にそうだと

ナツメヤシの実しか食べていない
かつて笑い合って街を歩いていた看護師は
青い脳液を出す母親の涙をあらわにし
荒れた廊下を早足で通り過ぎた。
累々と横たわる子どもたちの死体の陰。

わたしの縫合された腸は低酸素によって
留め金がゆるみ外れ空洞がもたらされていた。
口からやってくる食物はそこから漏れだすかもしれず
二ヶ月の絶食と大容量栄養剤点滴を強制された。
そのために首から肺にカテーテルを埋め込まれ
これも電力と化学に頼ることで可能なのである。

交代した兵士は粗末な弁当を摂るだろう。
普通のうわさ話をし、笑ったりもするだろう。

平和な街を歩けば、気のいい青少年ではないか。
わたしも街で出会ったら、ほほえみ合えるのではないか。

非常用発電機の燃料が遂に切れた。
電気がまったく使えなくなった。
薬も底をつき
大容量栄養剤と抗生剤の点滴も動作しなくなった。
麻酔なしで手術を受けた患者の
絶叫の針が血管を圧迫し
わたしの真っ赤な液は逆流し破裂した。
死はいたるところに転がっていく。

途切れ途切れの意識
不眠の津波で
兵士も殺され傷つき

普通のお父さんや恋人だった兵士

普通の子ども
普通の女性
普通の高齢者
死はいたるところであふれかえっている。

死んだわたしは
自然も人間も瓦礫と化した
土に開けられた窓から観る。
破裂すべき明けない夜
遠くの大地からひびく
圧迫された悲鳴と涙
殺される者と生かされる者
普通の同居する世界

狂わされた普通だった兵士たちと
飛び去った鳩どもはどこへ行ったのか。
わたしはどこを落ちているのか。
わたしはどこで生かされているのか。

鳩の撃退法から

リハビリでお世話になっている理学療法士の小栗さん
大ベテランのマッサージ師でもある
歩行練習のたび
鳩の撃退法について話をする
かなり増えた鳩の数、何とかならんかと
絶食つづく私に
何が食べたいかと
この仕事に就く頃
リハビリの学校はほとんどなかったと
いまは理学療法学だけでなく
看護学も含めて

医療を学ぶ学校が増えている
大学もある
そしていま学ぶ生徒たちはまじめであると
目的を持って進学したい生徒たち

六年前、大学病院に
一日検査入院した個室に
一人の看護師がたずねてきてくれた
ひとめ見てすぐわかった
一年の時担任していたＹＴであると
その子は別の病院に移り
結婚もした

十四年前、ソウルの病院に
新型インフルエンザを発症して

修学旅行でみんなと帰国できなかった
生徒がいた
私も引率教員として残留し
その病院に通ったのだ
彼女も看護師志望であった

四年前
理学療法士になりたくて
志望大学に受かりたくて
長い作文をいっぱい書き
先輩や現役理学療法士に取材に行った
ＹＹはもう卒業して
どこかの病院で理学療法士をしているのかなぁ

この病院で

高度な専門知識と経験を駆使し活躍し続ける
看護師や理学療法士たちの働きぶりに感心しながら
彼女ら彼らの姿に
教え子たちを重ね合わせたりしているのだ

朝

病室を移動した
同じ南向き
僅かな角度で見える街並が違って見えた
見えなかったものが見えるようになった
病院に平行した路地が一本あって
その上にそこにつながる坂道が見えて
大きなお寺の向こうには県道
神奈中の黄色いバスが動いている
おそらくその先は、国道一号との交差点
路地や坂道には、働きに行く人が
早足で歩いていたり

自転車を漕いでいたり
高校生たちは駆け下りていく
車も行き交い
ちょっと先には
白い雲と調和した青い空

路地と坂道の間の草広がる庭を
おじさんに連れられた
かわいい柴犬が
もうすぐ散歩に出てくるかなぁ

散歩

何も為すことなく
点滴が一滴ずつ
ぽとりぽとりと落ちていく
時を刻むでなく
残り時間が垂れていく

次から次へと
時間が生成されていく幼い頃
ぼくは国道の脇で
トラックやバスや自動車が通るのを
ただただ見つめていた

ときどき専用軌道を走る玉川電車には
少し目が光ったかもしれぬ

ぼくが育った上馬は
世田谷の真ん中で
玉電もバスも大ターミナル・渋谷駅行だった
およそ百年前
植物の大採集家・牧野富太郎夫妻は
まだ緑あふれる渋谷に住んでいた

およそ八〇年前
渋谷・道玄坂に住んでいた
英文学者・詩人の西脇順三郎は
上馬なんて突っ切って
雑木林や野原突っ切って

成城だの
砧だのに
散歩に行った
見知らぬ草草を愛でながら

およそ二〇年後
すでに家々や
アスファルトに囲まれていた
小さなぼくは
植木鉢を物干し台
（ベランダなんてことばは知らなかった）
に並べて
見知らぬ草を愛でていた
名もわからぬまま

乳児や幼児が
なんでもうごくものに
興味をそそられるように

ディストピア

七五歳から生死の選択権を与える制度〈プラン75〉が国会で可決・施行された。
超高齢化問題の解決策として、世間はすっかり受け入れムードとなっている。
その国のこの街では、
四五歳以上の未婚者は市民権を失うという条例が制定され、市民権を剥奪されると、追放される
るか人隊するか選ばなければならない。
少子化問題の解決策として、街の人々は受け入れているように見える。

あと何年？
七五歳まであと何年？
おれは黙ってつぶやいた
若いっす

かわいそうに
並いる医者の一人が言った
　夢だった。

仕事を首になったミチ（倍賞千恵子）が、踏切に向かって歩いてくる。
踏切が鳴り
遮断機が降り
車が渋滞する歩道を
どこかで見なれた街を
倍賞千恵子が歩いていた。
死への道を考えながら。

老人施設〝ユートピア〟職員よしこ（いとうあさこ）は、
四五歳独身であった。
施設に迷い込んだ身元不明の中年男性

佃典彦扮する〝鈴木さん〟がカミサマの化粧をして、
「ワタシハ　カミサマ　デース」と叫ぶ。
どうするよしこ。

八八歳で亡くなった
西脇順三郎記念室を訪ねるため
十日町から乗った路線バスは
小千谷の市内に入った。
未知の土地で不安に駆られ
市立図書館はどこで降りれば良いか
運転手に聞いた。
彼はうしろを向いて指し示した。
顔の皺を伸ばして力強く
いっせいにうしろを指差して
笑ってくれたのは

いつの間にかたくさん乗っていた
おばあちゃんたちだった。

おれは行き過ぎた道を
戻っていく。

※映画「PLAN75」（二〇二二年早川千絵監督作）「鈴木さん」（二〇二〇年佐々木想監督作）を鑑賞して参考
にしました。

（「山脈第二次」31号）

妻と行く

回復期のある夢である

妻と列車に乗っている
やっと叶った旅行である
列車は混んでいた
乗換駅に到着した
ホームに降りて後方を見ると
乗り換えの飛行機が少し離れたホームに九〇度傾いで横着けした
客たちは乗換バスに乗った
バスは見知らぬ街の中を走った
混んでいた

道が渋滞したり交差点でバスの両脇から大型トラックやらタクシーやらが入り込んで走行を阻
　止したりして
なかなか着かなかった
皆やきもきしていたが
気がつくと隣の妻がいない
近くの派手な婦人に聞くと
チケットのキャンセルに行ったのではと言われた
何しろウクライナは戦闘地域だから、観光客が入るのは難しかろう
もちろんそうだ
テレビの映像の中に入りたくはない
隣に温かみを感じると妻が戻っていた
しっかり者の彼女は
上手くキャンセルできたと言った

さて、私たちはどこへ行けるのだろう

村村

腸の内部で各地の抗争が活発だ
冷たい火の手も上がり
消火活動の促進を
叫ばねばならぬ
QQと鳴いている

坂本九のうたが好きだった
前や横を向くのが嫌だった
もっぱら上を向きたがり
しばしば蹴躓いて停滞した
バックドラマーの村

暗いうたが好きだった
孤独が輝くようだった
カルメン・マキとオッズ
涅槃ロック
キーボード村

村と村
村人の響き合い
村村兄弟
ムラムラ
大腸は踊り出し
サックスのへ
美しく平凡なお通じを作り
あした初ライブ〜

ＩＣＵファンタジー

Intensive Care Unit
Ｉ・Ｃ・Ｕ
集中治療室はファンタジー・ユニット
看護師と患者の協同ドリーム・ワールド

呼吸の仕方がわからなくなった
鼻で吸って口で吐く
苦しくて口で吐けない
酸素濃度がかなり下がったらしい
看護師たちの声が飛び交い
再び救急のＩＣＵ行になった

不純物に溢れた墨が
汚らしくぶちまけられた
体液だらけの海に
大岩がいくつも噴きだし浮かび
ドロドロの緑の無意味な液体怪獣
現れては泳ぎ追いかけ
三九度から三八度の熱海《ねつうみ》を
陽の粒子がうごめきはじめ

悪魔的抽象幻想
幼児期脅えていた
ウルトラQのオープニングの渦
崩れ去ったプラネタリウムの闇
剥がされた星々の

破片と破片の焦点を結び
どこか西洋の残酷な伝説か童話の中の
登場人物たちが
青暗い空に
浮かんだり沈んだり
現れたり霞んだり

赤い服の少年が鳥籠提げて
赤い小さな竪琴と対峙する
垂直に並んだ三人の若僧侶が
わたしの身体を持ち上げる
そのうちの一人は尼さんだ
サーカスの馬が呑む桶の水を欲すると
孔雀が色鮮やかに颯爽と
青い服とシルクハットの身体は狼になっていて

青い服着た熊が切符を渡してくれる
支える白いベッド
二つ屋根の間から出かかっているのは
細くて黄色い下弦のお月様

昼間、ICUの窓から見える
向かいの壁につくられた謎の彫刻たち
それらは
ICUで働く看護師たち
あるいは少年で登場し
あるいは僧侶
あるいは孔雀や熊
わたしの苦痛をやわらげ心に降りてくる

人工呼吸器につながれた身体の

喉と鼻から声が消された
苦しくなってどうしようもなくなること多く
叫ぶようにナースコールの釦を押す
その音が舞踏曲であったから
踊りながらやってくる彼らは華麗に動き
患者は彼らの的確な処置に安心する
隣のベッドからは
ベートーヴェンの歓びの歌が聞こえてくる
思わず手で腰を叩き
拍子を取って感謝する

身動きできぬ身体を
頭から
上半身から
下の部分から

下半身まで
洗って拭いてくれる

男性看護師多くみな優しい
少ない女性看護師ふふ、よいしょ、どっこいしょ
愛嬌そろえて緩めてくれた

「音楽が好きなんですか」
「何を書いてるんですか」
「茅ヶ崎の文化会館、行ってみます」
「奥さん、そろそろやってくるね」

隣のカーテン開いてるとき
しばしば彼らのミーティングルームになった
一般病棟とＩＣＵの行き違いとか

お子さん保育園順番待ちとか
いろんな話が聞こえてきた

とりわけ夜間に降りてくる
夜中苦しくなっても
再び彼らがやってきて
すかさずやってきて
痰を取ったり
励ましたりしてくれる

次の日の窓からは
水色ドレスの少女の姿で人形抱えたり
大きな薔薇の花と枝
ベッドで祈る女の子
太くて茶色い木の幹と枝

臙脂色の服着た男が逆さにぶら下がり
蝋燭灯したご婦人
三角屋根と丸屋根と四角い屋根のお屋敷
その煙突に水色縞模様のセーター着た掃除人
お屋敷の下に大きな丸窓があって
太くて黄色い上弦のお月様がいるよ
そこだけ青い夜

今夜も苦しかったら
どんな役で看護してくれるだろう
踊りながらステップ踏んで
大切なもの届けて
満月ＩＣＵかんごびとたち
あ
り

が

と

う

入院日記

10月19日（木）　11時　手術室入室、全身麻酔にかかる。**横行結腸癌摘出手術は11時30分開始で、予定の4～5時間をはるか越え、19時30分に終了した。**腹の皮下脂肪の多さに手こずったという。手術室から出てきたのは21時。妻と息子・岳陽はそれまで待ってくれていた。自分が目覚めたのは23時。

詩「幻像1」「幻像2」体験。

10月20日（金）　深夜　39度を超す発熱のため、しばらく処置を受ける。

朝まで眠れず、天井の模様やカーテンの模様に幻想を見るも、時計が見えず、今何時なのか。時のわからぬ不安は恐怖であった。

詩「幻像3」「よる、いま何時」体験。

午前中、5階東病棟へ。患部が痛み、リハビリの時に立ち上がれず。

妻の後に内藤さんが面会に来るが、痛みで余りしゃべれず。申し訳ないことをした。

10月21日（土）　**昼と夕（ちょうど妻がいるとき）痰を出すつもりが黒っぽいドロドロのものを大量嘔吐。**

女性看護師に「鼻から吸って口から吐く」と言われても、それができない。吸って吐こうとすると苦しくなる。生まれて初めて、息の仕方がわからなくなる。**夜、低酸素状態になり、再びICUへ。**

胃瘻の際、大量嘔吐。

「腸閉塞と、血栓が肺と右脚にでき、軽い肺炎を起こしている。」

循環器科医師より、ベッドであえぐ私に以上の説明があり、手術の同意を求められた。説明書の絵のなかに、「声を失う可能性もある」とあった。瞬間、第二の人生の目標にしていた朗読が出来なくなってしまう恐怖が過り、同意を躊躇した。すると、医師から再び強く求められたので、やむなく頷いたのである。

全身麻酔のため、それから手術の間の記憶はない。

詩「目覚めぬ恐怖」体験。

10月22日（日）　ＩＣＵ。**私の喉と鼻は、人工呼吸器につながれていた。声が出ない。**

隣のベッドからカーテン越しにベートーヴェンの「歓びの歌」が聞こえてくる。思わず手を腰に当てリズムを取る。


10月24日（火）　ＩＣＵ。**麻酔科医師により、人工呼吸器取り外し。**声は微かにしか出ない。**9月のレントゲン写真にリンパ腺の膨らみがあったことを荒川医師に聞くと、「リンパへの転移はある。ステージはⅢと見込んでいる。癌の結果は一か月経たないとわからない。」**

特に夜、痰咳に苦しむ。男性看護師Ｎさんによくしてもらう。


10月26日（木）　ＩＣＵ。**背中の痛み止めの糸を麻酔科医師が抜く。酸素管も外す。**


10月27日（金）　ＩＣＵ。久しぶりに7時間寝た。しかし、悪夢だった。

左腕点滴管を抜く。午前、5日間のＩＣＵ生活を終え、**5階東病棟へ。**

妻に iPhone のイヤホンを依頼。

10月28日（土）　数時間寝て目覚めると3時。それから5時過ぎまで寝られず。しかし、その後眠れたらしい。気付くと7時30分。夜が明けていた。

妻がBluetoothのイヤホンを買ってきてくれた。

10月29日（日）　前夜22時に寝て、目覚めたのが2時過ぎ。開き直って、BluetoothでYoutubeのバッハ無伴奏チェロソナタとグレン・グールドのゴールドベルクを聴く。気がつくと4時半。2時間は、眠られぬ辛い時間を避けられた。

CT検査。荒川医師曰く「肺と腸閉塞は悪くない。腸が縫合不全を起こしている。これを直すには1か月程度必要。長期戦になる」。

調べると、結腸癌手術の縫合不全の確率は1.2％。原因はいくつかあるが、私の場合、当てはまるのは低酸素か。

陰茎に嵌めていた管を看護師が取る。一人で小便に行くこと5回、小さな冒険であった。

夕刻、面会に来た妻と、11月の予定のキャンセルと岩手旅行のキャンセルを泣く泣く確認。面会も毎日でなく、2～3日に一回でいいよと。妻も頷く。

10月30日（月）　久々に5時まで起きずに眠れた。睡眠時間7時間か。夢も穏やかなもの（カーテンの東海道線色模様に関連した？）。

別室まで歩き、**看護師に洗面台で洗髪してもらった。**久々のシャンプー（これまでは寝たまま湯を流し込んで洗ってくれていた。何と器用なんだ！）。

10月31日（火）　2時頃、何も付けないと酸素濃度が落ちるというので、鼻に酸素の管をあてがわれて一時的に目覚め、その後5時前まで眠れた。

14時45分、リハビリ中に声をかけられ、処置室へ。**麻酔科医師により右首下へ中心静脈カテーテル埋め込み。これで、針に刺されまくってボコボコになっていた両腕が解放された。**

痰が酷くなって心配したが、夜はそうでもなくなった。

22時就寝。夢も覚えていないほどの深い眠りで覚醒したが、まだ2時だった。

11月1日（水）　その後再び寝入り、6時まで。予定ではもう退院していたのだが……。

FBが8年前のぽんず（8月31日に悪性リンパ腫で亡くなった愛猫）の写真を示す、その姿を見るほどに、悲しい。彼はもういないから。

ゲロキョ（現代朗読協会）仲間の松倉福子さん主宰の鎌田東二詩集『悲嘆とケアの神話論』音読会にiPhoneで参加。入院中の姿をzoomの画面越しにさらけ出す。

水牛対虎第4戦、虎が勝ち逃げ（サヨナラ勝ち）したのを退屈しのぎにテレビで見た後、23時就寝。

11月2日（木）　グリーン色の、けっこう肯定的・前向きな夢を見、目覚めたが、まだ2時30分。やがて同様の夢みて満足して覚醒したが、まだ5時30分。あれ？　あまり眠っていない。痰の咳が出て苦しいこともあった。5時40分、カーテンを開けるとほの赤い陽光が射している。朝の散歩。歩行練習でいつも通らぬ談話スペース（北側）の窓辺の椅子で、しばし夜明けの景色を眺めた。

血糖値が202！　初めて腹にインスリンを看護師に打ってもらう。

回診で、**医師に鼻から入っていた胃管を抜いてもらう。これで喉と鼻の障害物はなくなったが、痰咳がけっこう出てしんどい。**

11月3日（金）　23〜4時、肯定的な夢を見て目覚める。両鼻が詰まり、鼻呼吸できない。口をパカンと開けて寝ていた。覚醒時、大きな頭痛に襲われる。

2週間、胃管は鼻と喉を突き刺していた。抜けても、その違和感があるのだろう。血糖値212!! 何でこんなに突然数値が上がったのだろう？　飴をなめた後だったから？

妻、岳陽、七実さんの順に面会。妻は、私が家にいなくていろいろ忙しそうだが、顔は生き生きして見える。岳と七は辻堂で「ゴジラ‐1.0」を観てきたという。とても面白かったらしい。4日のFBで久世さんが鋭くわかりやすい説明をしてくれている。

11月4日（土）　することもないので21時30分に就寝。C‐PAP（**睡眠時無呼吸症候群の治療機械。6年前から常用していた**）**を付けて寝たら**、その風の力が抜群だった。目覚めたら　外は明るく6時30分！

昨日、一昨日も暑かったが、今日はことのほか暑い。12時で26度！　**看護師さんの手を煩わせずに着替えができるようになった。トイレで小便、大便**（**まだ固まっていない**）、**おならがやっと出た！　午後、痰咳が出ると苦しい。**

ゲロキョ本ゼミ2回分を視聴。集中すると咳が出ない。

11月5日（日）　今夜は、C‐PAPの風の力と痰咳の燃える力とが拮抗してせめぎ合い、一進一退を繰り返した。挙げ句、目覚めは2時。3時頃、再びC‐PAP装着して眠りに挑戦した。

11月6日（月）　鼻が詰まるので、C‐PAPをつけて口を開けていたら、苦しい。試しに口を閉じてみたら、楽になった。ところが、目覚めはまたまた2時前であった。痰咳は催すと酷い。

昼間、リハビリ歩行を6回に分けて15周行った。

初めてPCに挑戦。操作は普通にできたが、動作が遅いのは相変わらず。これまで各種同意書の裏に手書きしていた「入院日記」を入力しはじめる。途中、ウィルスバスターが再起動を促し、動かなくなり、久々のPC操作なので今日はここまでにした。

11月7日（火）　痰咳を台風にたとえるなら、今宵はずいぶん勢力が弱まったようだ。C‐PAPをつけても、特に問題なく眠れた。とても整然としたすっきりした夢を見、目覚めた。さぞかし眠れたのだろうと携帯を見ると、これまでの最短、0時過ぎであった。3時間で目覚めた。しかし、痰咳は出ず。その後、再びC‐PAPを装着すると、夜明けまで眠れた。6

時半、暴風雨だった。

午後、**瘻孔造影剤検査。荒川医師曰く、「予想外に傷口の穴が小さく、一週間後には腸に刺した管を抜けるだろう。その一週間後から食事が摂れるようになる。」**

11月8日（水）　C-PAP装着後眠りへ。数人の看護師たちに処置されている夢の後、覚醒。まだ1時前。きっと24時間で交換する点滴剤の交換が先の夢を見させ、目を覚まさせたのだろう。

トイレに行こうと手をつくと、右側のシーツが濡れている。慌てて看護師を呼ぼうとベッドをまたいだら、血が出ている。カテーテルの管のどこかが外れたのか。やってきた看護師は一人で冷静適確に対処してくれた。さすがプロの仕事人と感心した。

11月9日（木）　昨夜同様1時前に覚醒。新しく来た隣の人の寝言が絶え間なく続き、途切れたと思ったらあちこち動き回って、その音が激しい。ついには看護師にいさめられ、個室に移動した。睡眠は3時間ごと。朝、目を開けると8時30分を過ぎていたから、ま、いっか。看護師がしきりに隣人の騒音について謝っていた。

声がそろそろ戻らないかと、ちょっと焦る。アイウエオをラ行まで言ってみた。**リハビリ歩行は順調に記録を伸ばしている。昨日は病棟16周、今日は20周を目指す。しかし、歩くと腹の傷口が疼く。**予定通り10月末に退院できたとしても、なかなか遠出は難しかったかもしれぬ。朝と午後、立派なおならが出た。

11月10日（金）　14時30分過ぎ、**耳鼻いんこう科受診（吉村医師）。左声帯が麻痺して動いていないという。**治るかもしれないし治らないかもしれないとも。

妻、一人生活はいそがしくて疲れるという。

11月11日（土）　**早朝からベッドでもおならが出た。昨日までは、トイレにかがんだときしか出ていなかったのに。**

声が出ないので12月の現代朗読ライブを辞退すると連絡したら、心配した野々宮卯妙さんと14時にｚｏｏｍ通話。ヘッドフォンのマイクを口に近づけると、ささやき声として充分聞き取れるという。ささやくのによい小品を「永日小品」から探すことになる。

11月12日（日）　1時覚醒。その後の覚醒は7時。ずいぶん具体的な夢を見る。↓詩「妻と行く」

11月13日（月）　詩「朝」

看護師Fさんが、左胸に貼っていたポッチをとり、心臓と酸素のバロメーターを外してくれた。これで、左手が完全に解放された。

NHKの天気予報によれば、きょうはきのうより＋3で16度だという。しかし、南向きのこの部屋の温度は25度。窓の外が眩しく、中は暑い。

16時からのゲロキョ本ゼミに参加。久々に長い呼吸をするが途中でリタイア。音読も久々にするが、これも同様。ゲロキョのワークはきついことが改めてわかった。私は声もまだリハビリの段階である。

11月14日（火）　14時30分頃、放射線テレビ室で**瘻孔造影剤検査。穴が小さくなっているので、ドレーンを短くされ、腹にくっ付けられた。今までの、ドレーンを引きずる生活からは解放された。**

妻の後、松浦さんが面会に来てくれた。

11月15日（水）　**朝起きるとカット・ドレーン（医療用排液管）のオープントップが漏れて、シーツや寝間着などを汚していた。午前の回診で、サージドレーン・オープントップを袋に変えてもらった。**

ドレーンショックで午前中はほぼ茫然自失。Youtubeでアンタール・ドラティ指揮のドヴォルザーク「スラブ舞曲」「チェコ組曲」「アメリカ組曲」「プラハ・ワルツ」など計2時間余を聴き、心を晴らす。ちょうどその時リハビリのOさんも来て最高のマッサージを受けた。

詩「よる、いま何時」作。

11月16日（木）　面会に3人。妻、村上（ほっぴい）さん、小平さん。

夕、小平さんが持ってきてくれたDVD「或る夜の出来事」鑑賞。面白かった。笑えてハラハラドキドキ、何重もの展開、そして最後は大逆転！

夜、メルマガ「今日のフォーカスチェンジ」記念イベントの動画を旭堂南生さんまで観る。22時過ぎに寝たが、0時30分頃目覚めてしまい、トイレ。村上さんは夜2〜3回は起きるという。高齢者故、仕方がないか。

サージドレーン・オープントップに排液がたまると看護師さんに抜いてもらうが、その臭さが強烈で、しばしば鼻をつまんでいた。看護師はマスクをしているから匂わないのか。

11月17日（金）　午前、メルマガ「今日のフォーカスチェンジ」記念イベントの動画の残りと読者さん参加作品★パフォーマンス動画★メルマガ「今日のフォーカスチェンジ」20周年記念企画を観る。小平さんが持ってきてくれたDVD「ジーザス・クライスト・スーパースター」鑑賞。現代の抽象的場でのジーザスの苦悩と死まで。ユダの視点を重点に。ジーザス対ユダ。ローマの司祭たちが、SFの悪役のよう。

11月18日（土）　9時から17時まで、法定電気設備点検のため停電、コンセント使えず。看護師Sさんに「小説を書いているのですか」と訊かれたので「いいえ、詩です」と答えたら、「ネットで発表してるんですか」と訊かれた。そうか、詩集の前にネットで発表しておくのもいいなと考え、「現代WEB詩人会」に何篇か投稿してみた。病棟周回コース（240歩）12周×1＋6周×3＝30周（7200歩）達成。

11月19日（日）　小平さんが持ってきてくれたDVD「キャバレー」鑑賞。一九三一年ベルリンのキャバレーが舞台。俳優夢みるアメリカ出身の歌手とイギリスからやってきた大学院生が出会って別れる話。バックにナチの台頭とユダヤ人の排斥が描かれるが、夜のキャバレーはそこだけの世界。

面会：妻、多紀雄さん。彼に丹後旅行の土産に「天橋立の民話」をいただく。ありがたい。真理さんは、明日もうタイに帰国するのだという。

病棟周回コース　6周×5＝30周達成。

11月20日（月）　シャワー。病棟周回コース・6周×5＝30周＋1階レントゲン室往復。

荒川医師談「血液検査→炎症：○　栄養：○　CT→（大腸内平穏一歩手前）。カットドレーンの太さをさらに細くし、次に外す。11月末以降までかかりそう。焦っては大変なことになる。」

11月21日（火）　**瘻孔造影剤検査。荒川医師談「ドレーンを細い管に換えた。傷口は15ミリだったのが10ミリに狭くなっている。これからは速い。」**

突如、藤城さん現れる。飛騨の「天領」をいただく。

藤沢周平『義民が駆ける』読了。大名・役人から百姓・商人まで、適宜様々な人の視点で客観的に描き、庄内藩が逆転勝利する場面では感涙する。線を引いた。

Amazon prime videoで「ブルース・ブラザーズ」鑑賞。歌と音楽、踊り、カーチェイス、教会孤児院の納税など、しばしば腹が痛み、エンターテインメントを満喫できた。以降、Amazon prime videoで映画を8本観た。

11月22日（水）　今週は、S看護専門学校生が数人、実習？に来て、一人ずつ看護師に付いて研修している。昼間3回排便。

鎌田東二『悲嘆とケアの神話論』音読会参加。声を出す。

11月23日（木）　Youtubeで細野晴臣VS吉田美奈子ラジオや古今亭志ん朝「付け馬」など視聴。

11月24日（金）　渋谷のラジオ「MIDNIGHT POETS～誰も整理してこなかったポエトリー史～」①「1920～50年代アメリカ―詩とジャズ」②「60～70年代アメリカ―ブラック・アーツ・ムーブメント」アーカイブを聞く。

11月25日（土）　村上さんが持ってきてくれた長編小説、石井光太『蛍の森』読了。感想はブログに書けるようになった。

11月26日（日）　**ゲロキョ本ゼミ10：00〜13：30参加。呼吸も体認もほぼ普通に出来た。体調が回復している証。声も2週間前よりずいぶん出るようになった。聞いている最中、おならが出た。これも良い兆しか。**

11月27日（月）　ここ3週間、〈月・水・金：朝、採血、午後、胸部・腹部レントゲン、火：午後、瘻孔造影剤検査↓診断、土・日：検査なし〉のスケジュールがつづいている。何もない土・日は実に平穏なのだが、恐ろしいのは週3日の朝の採血である。腕の血管が細くて、深い所を通っているらしく、特にこの1週間は、一刺しで済んだことがない。今朝も2度刺された。採血の看護師は毎回人が替わっていて、一回め失敗して、二回刺されるのが辛い。私の血管に慣れた看護師にしてもらえないだろうか。

11月28日（火）　昨日からS看護専門学校生の実習始まる。私の担当をしてくれたのはIさん。名前が希新《きあら》。あれまぁ、こうして書き出してみると、並べ替えたら「あ・き・ら」となる。

私の本名は「あきら」なのだ。詩に使えるかな。本人が気にするといけないから黙っておこう。

午後、**瘻孔造影剤検査。荒川医師に画像を見せてもらう。穴を肉が塞ぎつつあるが、まだ空洞が見える。「ドレーンをより細くした。これが取れれば食事が摂れる。」退院見込みを聞いたら「12月第2週にはなんとか」**と、依然と曖昧なご返事。

午後、**耳鼻いんこう科受診。吉村医師「麻痺していた左声帯が少し動いているが、近くにポリープができている。」**

面会：妻、えびなコトバの会の中島さん。渡辺知明「はなしがい」、武者小路実篤『真理先生』、正岡子規『病牀六尺』を持ってきてくれた。

遂にまとまった大便が出た。荒川医師曰く「造影剤を入れたせいだろう。」

詩「私を生かす」

11月29日（水）　ある看護師から、ここで出産子育てした鳩がいると聞く。リハビリ担当のOさん（平日はほぼ毎日お世話になり、いろんなお話もした、中年の男性理学療法士）から、ここがテレビドラマ「ドクターX」（2012）のロケに使われたと聞く。

鎌田東二『悲嘆とケアの神話論』音読会参加。声が音量的にはほぼ普通に出るようになった。

かすれは残っている。

ドレーンの排液量がかなり少なくなった。

11月30日（木）　サージドレーン・オープントップに穴が開き排液が漏れる。女医さんに交換してもらう。

詩「父——服部剛「私が生まれる前に」朗読に触発されて」

12月1日（金）　朝、採血。午後、**瘻孔造影剤検査とレントゲン検査。傷の穴はさらに小さくなり、ドレーンを一番細い物に付け替えたそうだ。**

12月2日（土）　中島さんが持ってきてくれた正岡子規『病牀六尺』読了。おもしろかった。

12月3日（日）　10時からBS-TBSで「沖縄音楽の母 金井喜久子物語～復帰50年 五線譜に込めた思い」視聴。有意義であった。Youtubeで金井の音楽を聞きまくった。

12月になって随分入院患者が減った。歩行中各部屋を見てみたら、26床空いていた。

12月4日（月）　**耳鼻いんこう科受診。動いていなかった左の声帯も70％くらい動き出し、ポリープも消えているという。少しかすれているが、声量も戻ってきた。**来年1月12日（金）午前に外来予約。寒川町唯一の耳鼻咽喉科開業医だった高橋耳鼻科の先生が、イタリアに行くので閉院したという話をしたら、医師は知っていた。閉じる前に、周辺の耳鼻科に挨拶状を配ったのだという。

S専門学校生の実習最終日。就職先は内定しているとのこと。あとは2月の国家試験だね。

12月5日（火）　15時頃、放射線テレビ室へ。きょうは**瘻孔造影剤検査はやらず、ドレーンの長さを短く、オープントップをガーゼに換えてもらった。これで一週間様子を見て、問題なければ来週月曜から食事開始という。**ということは、退院は来週末か次の週明けか。17日に変更してもらったカルチャー・センターに行けるか微妙になった。

トイレで屈んだらドレーンのガーゼが剥がれた。看護師Fさんに直してもらう。汚れは少し染みている程度。

12月6日（水）　**荒川医師来床、ドレーンのガーゼを見て、「金曜に流動食を始めましょう」と。来**

週木か金の退院を目指す。

私が行けないので、代わりに妻に行ってもらった、鎌倉エチカでの「鎌田東二『いのちの帰趨』音読会」が、Youtube の鎌田先生の hieizan チャンネルにアップされていたので見た。鎌田東二『悲嘆とケアの神話論』音読会参加。声量は良いが、ヘッドフォンのマイクが壊れたらしく、聞こえないという。今回はPCのスピーカーとマイクを使った。

12月7日（木）　渋谷のラジオ「MIDNIGHT POETS～誰も整理してこなかったポエトリー史～」③「70年代ブラック・アーツ詩はラップのルーツ！」④「ミゲル・ピニェロとニューヨリカン・ポエツ・カフェ」アーカイブを聞く。

12月8日（金）　看護師Fさんにより一発で採血成功!!　朝から気分爽快、早速院内6周歩行した。擦れ違った看護師に「速いですね」と言われた。

回診でドレーンを抜かれる。これで腸への穴がなくなった。

昼から流動食。思ったより、重湯も完全無味でなく、清し汁・葡萄ジュースの味が濃かった。8割方食。しかし、夕食ではあまり食べられなかった。これが土日6食続くという。この試練に耐えられるだろうか。栄養剤点滴は続行。

12月9日（土）　**回診でたくさん運動するとよいといわれた**ので、いつも1回6周のところ、10周まわった。Junjunさんに送っていただいたアルフィーの「NEVER FADE」を3回聴きながら。

カルチャーセンターの代理講師を頼んだ小平さんに、資料などをコピーして妻に送ってもらった。申し訳なかった。昨日注文したマイク付き骨伝導イヤホンは快調。録音して確かめてみたが、大丈夫。ただメーカーが不明なのが不安。Made in chinaとあるのみ。一七〇〇〇円をアマゾンタイムセールで三〇〇〇円弱で買った代物。

12月10日（日）　小学校の同窓会で加藤さんにいただいたブログ集に「健康のために歩きたい距離は月八〇～一二〇km、時間に換算すれば毎日一五～三〇分。歩数にすれば四～八千歩くらいとか。一番のお勧めは、運動強度がちょうどよくて続けやすい『15分の早歩き』だそうです。」「歩き始めてから5分くらいでセロトニンが分泌され始め、15分ほどでピークとなり、後はその状態が継続されていくため、15分は続けた方がいいそうですが、疲れるまで続けてしまうと疲労がたまってしまい逆効果だそうです」とあるので、15分でちょうど終わる「ボレロ」をBluetoothで聴きながら歩いてみた。また、「体に負担が少ない歩き方」として「「指」「指の付け根」「かかと」の3点着地がいいそうです。」とあったので、意識をして歩いてみると、自然に腰を落とした歩きになった。発見だった。結局、15分11周だった。でも、私の歩数（1周240歩）では、二六四〇歩。四千歩に満たない。

明日から――首の中心静脈カテーテルがはずされて、久々に何にもつながれない自由の身になる――は、15分11周×3セット（朝・昼前後・夕）で歩いてみようか。

12月11日（月）　**回診で首のカテーテルを抜いてもらう**。入れたときは麻酔したりして大変だったが、抜くときは1分もかからなかった。**2ヶ月間私を繋いで束縛していた管は全てなくなった**。しかし、立ち上がろうとしたり、歩こうとしたりしたとき、思わず管を踏んづけていないか気にしたり、点滴車を探したりしてしまう。自由も、いきなりやって来たときは使いこなせないものだ。

ゲロキョ本ゼミに参加。夏目漱石「永日小品」より「印象」を恐る恐る7分弱個人読みする。

12月12日（火）　自由の身になった初めての朝。さて、何をしようか、何ができるか考えたとき、自分の事しかできないのに気づく。日記を書こうか、詩を作ろうか、ネットを見ようか、音楽を聞こうか、映画を観ようか、本を読もうか、歩こうか。みな、自分のための自分の事である。

院内では患者にとって、他者との持ちつ持たれつの個人的関係は作れない。接する他者は、看護師・准看護師であり、医師であり、理学療法士である。彼らにとって私は仕事の対象である。私と彼らは話すが、ほとんどすべて私はしてもらう側である。

私は誰かのために誰かに有益なことをすることができない。自分一人の世界に安住してしまう。これが、回復期の入院患者である。逆にいえば、退院したら、今の自分の一人の世界では暮らせなくなる。繋がれている管がすべて取れた自由に戸惑ったように、「人間世間」に戻ったときの不安がある。

糖尿病の医師来床。首から入れていた点滴栄養剤（エルネオパNF2号輸液二〇〇〇ミリリットル）は総熱量一六四〇キロカロリーであり、糖分も過剰に摂取することになっていた。そこで、同栄養剤に秘かにインシュリンを混ぜて、私の血糖値を調整していたという。同点滴開始後の数日間、いきなり血糖値が二〇〇を超え、インシュリンを打ってもらっていた。翌週からは一二〇〜一六〇に落ちついた。なぜ、その週だけ血糖値が高くなったのか。なぞが解けた。

点滴を外して、口から食事が摂取できるようになった後も、血糖値は落ちついているので、糖尿病にはなっていないと言われた。

12月13日（水）　朝採血。担当は信頼するFさん。けれど右肘裏の一刺しは空振り。手首際の二回目は成功。彼女の「失敗したことないのだけれど」の呟きが私の血管の複雑さを示す。私は彼女に刺されるとき、「出て来いや！」「出て来いや！」と自らの血管に念じていたのだけれど。

昼、初めて全身シャワーを浴びる。

夕、手術着（直後）の**荒川医師談「癌はステージⅢ。リンパ節にあった癌は切除したが、再発防止のために年明けから軽い抗がん剤治療を始める。**詳しいことは26日の外来診察日に奥さんを交えて話をする。」

12月14日（木）　Oさんのリハビリ最終回！　歩行訓練中、思わず互いの視線が合った。別れが惜しまれる。看護師たちとも。

12月15日（金）　午前中に**退院。ほぼ二か月に及ぶ入院生活の終了**。四〜五日は下界に慣れずに眩暈がしていた。腰痛も戻ってきた。

詩「空へ」（愛猫ぽんずへの哀悼詩）

12月26日（火）　**消化器外科を受診した**。私の病状の経過をまとめるとこうなります。

癌が悪さをして右脚に血栓を作り、その影響で肺が低酸素になった。その結果、大腸の縫合金具の一部が外れて縫合不全を起こした。縫合不全は一か月以上かかって塞がったが、その部分は硬くなっている。それが他の組織同様になるのに一年かかる。それまでの、少なくとも三か月は、今の軟らかく消化のよい食事を続けなければ、腸閉塞等が起こる可能性がある。寿司、ケーキ、肉、野菜、酒などは少量はよいが普通に食べてはいけない。ビタミンDも消化がよくないので一錠なら飲んでもよい。

リンパ節に転位した癌は摘出したが、全身にいる可能性があり、ステージはⅢのCである。ⅢAは、五年以内の再発率が二割、ⅢBは、同三割、そしてⅢCは再発率四割。再発率を一割減らす、つまり三割にするために、一月一六日から半年間の抗がん剤＝オキサリプラチン点滴注射とカペシタビン内服のＣＡＰＯＸ療法を開始する。八〇歳以上は勧めないが、六〇代では強く勧める。副作用としてほとんどの患者に手足や口のまわりのしびれ、痛み（末梢神経症状）が起きるという。ＰＣの操作など、細かい動作に支障を来すかもしれない。

まとめると、**食事は少なくとも三月くらいまでは消化に良い軟らかいものに限定して食べられる。抗がん剤を投与されると、手足のしびれが出る。**

二〇二四年上半期は、こんな生活をしていくことになる。みなさん、よろしくおつき合い願えれば嬉しいです。

冨田民人（とみたたみと）

一九五七年生まれ。

詩集『中有《そら》の樹』（港の人　二〇二〇年）…第16回日本詩歌句随筆評論大賞奨励賞受賞。

横浜詩人会員。詩誌「山脈」同人。「オオカミ」に毎号寄稿。

病棟ラプソディ・バリバリ

二〇二四年五月二〇日　発行

著　者　冨田　民人
装　幀　高島鯉水子
発行者　後藤　聖子
発行所　七　月　堂
〒一五四-〇〇二一　東京都世田谷区豪徳寺一-二-七
電話　〇三-六八〇四-四七八八
FAX　〇三-六八〇四-四七八七

印刷　タイヨー美術印刷
製本　あいずみ製本所

Printed in Japan
ISBN 978-4-87944-565-0 C0092